Corinna Franke

Schlaf II

AF176630

Corinna Franke

Schlaf II

(mit Bildern „Palouse, USA" der Autorin)

© 2022 Corinna Franke
Herstellung und Verlag:
BoD – Books on Demand, Norderstedt
ISBN: 978-3-7568-3465-5

Traum 23.4.2021

Es ist dunkel. Ich fahre ohne Licht einem anderen Wagen hinterher.

Ich habe einen Faden im Mund. Ich ziehe daran und denke, dass es nur ein Strickgarn ist.

Ich ziehe immer weiter und merke plötzlich, dass es mein Lebensfaden ist.

Im Schlaf geredet

Ich: Ich kann Dir zeigen, wo das letzte Sudoku ist.

Das letzte Sudoku ist, wenn Du den 6er anklickst und der 5er ist es dann.

Ja-a, da musst Du den 6er anklicken

Theo: Und dann hast Du gewonnen

Ich: Ich hab gewonnen, weil ich gepinkelt habe.

(Ende Juni 21)

Traum 1./2.7.21

Ich habe von einer Schildkröte
geträumt, die seitlich ging und ständig
ihren Panzer verlor, da dieser nur drauf
gesteckt war.

Ich tat das Schildkröten-Männchen mit
einem Weibchen zusammen und tat sie
in einen Eimer mit Wasser. Dort
poppten die beiden.

Anschließend ging die männliche
Schildkröte wieder gerade.

<u>geträumt 11./12.7.21</u>

Ich hatte 3 Kaninchen und einen
Feldhasen in der Wohnung.

Der Feldhase strahlte mich an, als ich
ihn im Arm hatte und wir kuschelten.

Dann flüsterte er mir etwas ins Ohr.
Irgendwas wie: „Dann kommt die Dame
den Flur entlang ..."

<u>12./13.7.21</u>

Theo seufzt manchmal, wie heute
Nacht, im Schlaf.

<u>13./14.7.21</u>

Habe heute Nacht geträumt, ich hätte
meinem Kaninchen Hasenbrote
geschmiert.

<u>16./17.7.21</u>

Traum:
Ich habe geträumt, ich hätte ein ganz
wuscheliges Pony geschenkt
bekommen.

<u>dato   später   geträumt</u>

Ich habe im (Halb-)Schlaf eine rosa
Masche gestrickt.

Das laute „Hatschi" von Theo lässt mich
zusammenzucken.

17./18.7.21

Theo gibt im Schlaf seltsame Geräusche
von sich:

ein Seufzer,
ein zustimmendes Brummen,
ein lachendes Brummen,
ein stoppendes Brummen,
ein Schmatzen.

<u>18./19.7.21</u>

Ich habe geträumt, eine Frau nähme
mich gegen meinen Willen im Auto mit.

Im Traum sagte ich:
„Lassen Sie mich hier raus."

Ich habe dann diesen Satz in echt
geflüstert, worauf Theo: „Hä?"

Dann bin ich wach geworden.

Übrigens:
An diese Episode konnte ich mich
eigenständig erinnern.

<u>19./20.7.21</u>

Habe geträumt, ich hätte mit einer
großen, dicken Robbe gekuschelt.

Ich habe heute Morgen geträumt, eine
Bekannte wäre in meine Wohnung
gekommen, in mein Schlafzimmer und
wollte mir eine rosa Rose geben; ich
habe getan als schliefe ich.

Mit anderen Worten:
Ich habe mich im Schlaf schlafend
gestellt.

<u>22./23.7.21</u>

geträumt, ich würde auf einem
Häuserdach sitzen und stricken.

Ich hatte Sorgen, wie ich wieder
runterkomme.

Ich habe gedacht: Mach's lieber direkt,
dann hast Du's hinter Dir.

Also warf ich zuerst mein Strickzeug
runter und habe mich dann mit dem
Bauch zur Wand langsam runter
gelassen.

Es war gar nicht so hoch, wie ich
gedacht hatte.

23.7.21   Mittagsschlaf

Habe einen „Mystery" geträumt. Über
einen Schriftsteller und seine Art,
Bücher (Mysterys) zu schreiben.

Die Handlung war leider so kompliziert,
dass ich sie nicht wiedergeben kann.

<u>27./28.7.21</u>

Geträumt, dass es jetzt im Juli schneit.

<u>Traum 31.7./1.8.</u>

Meine Nägel haben sich von den Fingern
gelöst.

Man konnte sie rein- und rausschieben.

1./2.8.21

Habe geträumt, es herrsche
Weltuntergangsstimmung.

Die Menschen konnten nicht schlafen
und der Himmel / die Wolken waren
nicht oben, sondern an der Seite.

<u>10./11.8.21</u>

Ich habe geträumt, ich sei im Bus ohne
Fahrkarte erwischt worden und in dieser
Situation hätte ich mir noch den Kiefer
ausgerenkt.

Traum 15.8.   morgens

Mir war ein Insekt ins Auge geflogen, ich
pulte es heraus, anschließend war noch
der Stachel im Tränenkanal, ein Mann
zog daran, es wurde zu einem langen
Faden, an dessen Ende ein Anhänger mit
einem blauen Herz war.

Später habe ich geträumt, ich hätte
Angela Merkel kennengelernt und sie
hat mich als ihre Schneiderin eingestellt.

Cuxhaven 27./28.8.21

Habe einen schönen Traum gehabt und
sage am Morgen zu Theo:
„Ich habe gut geschlafen."

Darauf Theo: „Das hörte sich aber nicht
so an."

Ich: „Wieso?"

Theo: „Du hast geschnarcht, gestöhnt
und gehustet."

2.9.21

Theo hat eine neue Atemmaske.

Ich bin mal gespannt, ob die genauso
einen Radau macht wie die alte.

<u>2./3.9.21</u>

Im Halbschlaf habe ich zu Theo gesagt:
„Wo ist denn bei Dir vorne und hinten?"

Darauf Theo: „Wo ist vorne?"

Ich: „Ach ja, hier."

Gedicht

„Wie kannst
Du an mich
denken,
wenn Du
schläfst?"

„Ich träume
von Dir."

(8.9.21)

<u>13./14.9.21</u>

geträumt, es schneit

im Halbschlaf morgens geträumt, ich
bisse in eine Birne, vom Schmatzen bin
ich wach geworden.

Mitte September 21

Ich: „Theo?"

Theo: „Ja?"

Ich: „Ich hab hier nen Teddy, dem man 30 Luftschlösser stopfen kann. Nen großen Teddy."

<u>31.10/1.11.21</u>

Ich: „Theo?"

Theo: „Ja?"

Ich: „Kannst Du mal die Schnecke und den Joghurt rausholen?"   …?

Theo: „Und dann?"

Ich: „Ja, dann ess ich den Joghurt."   …

Theo: „Und die Schnecke?"

Ich: „Nein, die ist ….   …."
(unverständlich)

Im Schlaf geredet.

Ich: „Hallo, ich hab einen Koffer zu viel.
Willst du einen?"

Theo: „Was soll ich damit?"

Ich: „Weiß nicht."

Theo: „Nee danke, brauch ich nicht."

Ich: „Hm, hmm!"

(schnorchel)

(Nov. 21)

Ich habe die Hand auf Theos Hüfte.

Ich: „Wo ist der Grüne?"

Theo: „Weiß ich nicht."

Ich eine Pobacke von Theo angefasst.

Ich habe mich umgedreht und gesagt:
„Na, dann schlaf weiter."

(2./3.11.21)

Ich Theo geweckt, weil er seine Medizin nehmen muss.

Ich: „Theo, Du musst Deine Medizin nehmen."

Theo: „Ist das der Pegasus von dem Pegasus?"

Ich: „Ja, Theo, das ist der Pegasus von dem Pegasus."

…

Ich im Schlaf geredet.

Ich: „Boromir.
Raball Rabann."

Und dann: „Entgegennehmen."

Theo: „Bist Du Dir sicher?"

Ich: „Hmmm."

(22./23.11.21)

Im Schlaf gesprochen (9./10.2.22):

(Hustorgie)

ab 20 geht es weiter

ab 42
das doppelte von klein is groß

stop Wiedergabe

Was sagt die Wiedergabe –Taste?

17.   17+was?

Sonnenschein   Was kriegst du für
ne Zahl

1,92 bin ich hoch

Was hast du für ne
Endzahl bei Sudoku

Ich: „Theo?"

Theo: „Ja?"

Ich: „Ich hab Husten.

103 nicht mehr 105

äh Dingsbums …"

Nacht vom 6.4. auf den 7.4.22

Ich wache nach 1 ½ Stunden Schlaf
leicht verwirrt auf und durchwühle das
Bett auf der Suche nach „dem Knopf",
mit dem ich Musik einschalten kann. Ich
suche eine Art Kabel bzw. Verbindung.

Nach weiteren 3 ½ Stunden Schlaf habe
ich anscheinend die Lösung. Ich brauche
Rundstricknadeln, die in der Mitte
geteilt sind.

Im Schlaf gesprochen   (23./24.4.22)

Ich: „Theo?"

Theo: „Ja?"

Ich: „Der hat da jetzt bei der Sabine im Fuchsbau … da … da … dingens …"

Theo: „Was hat der?"

Ich brummel brummel

„Der hat nen Zweig gefunden, wo er dann weiter" murmel murmel

Theo: „Und wer ist „der"?"

Was

Jan Jon Jun Janni Jun

Wer

Jonni, der Jhonny … schnarch

<u>12./13.5.22</u>

Ich habe geträumt, ich hatte einen
kleinen Dachs, der immer an mir
hochsprang und dabei fiepte.

Er wollte meinen Aufschnitt haben.

Als ich ihn auf den Arm nahm, um ihn
rauszutragen, hat er mir auf den Arm
gepinkelt.

Im Schlaf (19./20.5.22)

Ich: „Ich glaub, wir haben die Luftmatratzen aus der Dingsdums ‚… (mehrmals „Hicks")… mit dem, von dem" (ha)

Theo: „Was denn nu?"

Ich: „Na, von dem Komponisten halt"

Theo: „Leuchtet mir nicht ein."

Ich: „Ich fand das vorhin recht logisch! ich weiß zwar auch nicht, was ich jetzt daherrede, aber …"

3./4.6. 22 im Schlaf gesprochen

Ich: „Wie viel kostet bei dir ein
Weingummi Roboter?"

Theo: „2,50!"

Ich: „Ich muss erst mal eine rauchen."

<u>Juni 2022</u>

geträumt, ich würde Harfe spielen
lernen

<u>17./18.6.22</u>

geträumt, ich hatte fünf 120,- Euro-
Scheine gefunden

<u>In der Nacht vom 30.6. auf den 1.7.22
geträumt</u>

Theo und ich haben ein rohes Ei.

Ich frage ihn, was wir damit tun sollen.

Er antwortet: Aufmachen

Ich: Und wie?

Theo tritt auf das Ei.